CACHORRO
VELHO

TERESA **CÁRDENAS**

CACHORRO
VELHO

TRADUÇÃO
JOANA ANGÉLICA D'AVILA MELO

1ª edição | 7ª Reimpressão
Rio de Janeiro, 2021

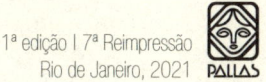

Copyright © 2006
by Teresa Cárdenas Angulo

Primeira edição no Brasil em 2010 pela Pallas Editora.

Editoras
Cristina Fernandes Warth
Mariana Warth

Coordenação editorial
Silvia Rebello

Tradução
Joana Angélica d'Avila Melo

Revisão de tradução
Rafaella Lemos

Revisão
Taís Monteiro

Projeto gráfico de miolo e diagramação
Aron Balmas

Capa
Bruna Benvegnù

(Este livro segue as novas regras do Acordo Ortográfico da Língua Portuguesa.)

Todos os direitos reservados à Pallas Editora e Distribuidora Ltda.
É vetada a reprodução por qualquer meio mecânico, eletrônico, xerográfico etc., sem a permissão por escrito da editora, de parte ou totalidade do material escrito.

CIP-BRASIL. CATALOGAÇÃO-NA-FONTE
SINDICATO NACIONAL DOS EDITORES DE LIVROS, RJ

C256c

Cárdenas, Teresa
Cachorro velho / Teresa Cárdenas ; tradução Joana Angélica d'Avila Melo. - Rio de Janeiro : Pallas, 2010.
142p.

ISBN 978-85-347-0459-5

1. Ficção cubana. I. Melo, Joana Angélica d'Ávila. II. Título.

10-5341.
CDD: 868.99213
CDU: 821.134.2(72)-3

Pallas Editora e Distribuidora Ltda.
Rua Frederico de Albuquerque, 56 – Higienópolis
CEP 21050-840 – Rio de Janeiro – RJ
Tel./fax: 21 2270-0186
www.pallaseditora.com.br
pallas@pallaseditora.com.br

A Zenita, em sua memória
Para Susy e Felipe

Café de montanha

Cachorro Velho aproximou do rosto a borda da cuia e cheirou. O aroma do café adoçado com mel lhe entrou em cheio, reconfortando-o.

Sempre cheirava primeiro. Já era um costume, um ritual aprendido com os anos. Uniu os lábios grossos e bebeu um gole. O líquido desceu numa onda ardente até seu estômago.

"Bendita Beira!", sussurrou, satisfeito.

No fundo da choupana, uma mulher robusta e calada se movia com agilidade, afastando jarros enegrecidos e caçarolas. Diante dela, a lenha crepitava no fogão rústico.

Olhando-a, o velho reconheceu que aquela mulher silenciosa e meio desajeitada fazia o café como ninguém em todo o engenho: cheiroso, amargo, de montanha, silvestre, livre...

Cachorro Velho parou de beber.

"Café de montanha...?", murmurou para si mesmo, sem compreender o sentido daquelas palavras que se enredavam em sua cabeça.

Pousou a cuia na mesa e foi mancando até a porta da choupana.

Lá fora havia uma escuridão quase absoluta. Algumas estrelas brilhavam mortiças no céu opaco, sem lua. Um ventinho frio balançou os ramos das embaúbas e o mato da cancela. O velho estremeceu. No pátio, os cachorros começaram a latir. Eram quatro da manhã.

Sentou-se dificultosamente num tamborete e cravou os olhos neblinosos nas sombras e silhuetas que se moviam perto do barracão, arrastando enxadas e facões.

"De que montanha?", perguntou-se, com uma careta amarga.

Jamais tinha estado numa. Nem sequer sabia aonde levava o caminho poeirento que se perdia além da fileira de imburanas e flamboyants. Nunca em sua vida havia ultrapassado a cancela do engenho. Tinha setenta anos e não se lembrava de ter vivido em outro lugar.

Cachorro Velho fechou os olhos e suspirou baixinho. No outro extremo do cubículo, Beira cantarolava num idioma remoto.

Ao longe, abafado pelos latidos dos cães, ouviu-se o estalar de um chicote.

Beira

A voz soou dura, enrouquecida:
— Quer mais um pouco?
Cachorro Velho se voltou sobressaltado.
Beira o encarava fixamente. Seus grandes olhos pareciam trespassá-lo. Numa das mãos ela trazia a cuia e, na outra, um jarro pequeno e fumegante. Tinha o rosto largo e tão despovoado de emoções quanto o canavial depois da queimada. Vestia uma bata largona de tecido grosseiro, sem bolsos nem forma. Não usava sapatos nem lenço na cabeça.

O velho recordou o que os homens do barracão diziam de Beira. Só que ele não acreditava em coisas sobrenaturais, não em sua idade. Em sua longa vida tinha aprendido a não esperar demais do outro mundo, onde se supunha que habitassem os deuses e os espíritos dos antepassados.

"Tudo o que acontece na terra, de bom e de ruim, é coisa dos homens e de mais ninguém", dissera a eles uma noite. Mesmo assim, Cumbá, Eulogio Malembe e os outros continuavam culpando os espíritos malignos pelas esquisitices daquela mulher.

Cachorro Velho sabia que o fogo queimava. Ele mesmo tinha um braço crestado e quase imprestável desde aquele incêndio no qual tinham morrido a velha Aroni, Mos e Micaela Lucumí, a cozinheira.

Havia acontecido trinta anos antes e a pele do ancião ainda ardia. Ele sacudiu a cabeça com força. Às vezes, as coisas que lhe doíam demais desapareciam com uma boa sacudidela.

No fogão a lenha, o lume começou a definhar. A água parou de borbulhar nas panelas. A fumaça invadiu o cubículo.

—Vai tomar ou não? Tenho coisas a fazer — disse Beira, impaciente.

O ancião se remexeu inquieto no banquinho. Tinha se esquecido dela por completo. Ultimamente, esquecia-se de tudo.

— A madrugá' tá fria — disse, só para dizer alguma coisa, e estendeu a cuia. Beira serviu um jorrinho de café no recipiente, e então o velho atentou para a mão feminina. Era escura e sedosa. Talvez suave demais para a de uma escrava. Sulcos finíssimos cruzavam os nós e desenhavam estranhos meandros ao redor dos dedos.

O ancião sentiu o toque da mão de Beira. Estava fresca como a água do rio no qual ele mergulhava quando menino.

Pensou que era impossível que aquelas mãos tirassem caldeirões e jarros do fogo sem a ajuda de nenhum pano, como contavam os homens do barracão. Também diziam que ela era capaz de saltar entre as chamas sem se queimar e de comer fogo, e que, quando os senhores iam dormir, voava pelo engenho em um enorme caldeirão que soltava faíscas ao roçar as copas das árvores. Sem dúvida, eles fantasiavam.

— Coisas de negros ignorantes! — soltou em voz alta, sem perceber.

— O que foi que o senhor disse, taita?* — perguntou a mulher, que voltava a se atarefar no fundo do compartimento.

Com um leve sorriso, Cachorro Velho se virou para ela, na intenção de lhe contar o que se dizia no barracão.

Não pôde.

Beira, inclinada sobre o fogão, juntava sem pressa os carvões acesos. As brasas, brincalhonas, ardiam entre suas mãos.

---

* Em Cuba, "taita" é tratamento que se dispensa aos anciãos negros, correspondente ao brasileiro "pai" ("Pai José") ou "tio". (N. da T.)

Além do caminho

Cachorro Velho não sabia o que aconteceria quando morresse. Na realidade, isso não lhe importava muito. Às vezes, pensava no que o padre Andrés dizia sobre o Inferno, o fogo eterno e tudo o mais, e se sentia inquieto, cheio de dúvidas e perguntas. Não por achar que sua alma arderia se ele não obedecesse ao patrão, conforme lhe asseguravam, mas porque conhecia de perto o fogo e sabia do que ele era capaz.

O velho não temia o Inferno: tinha vivido nele desde sempre.

Pelo contrário, o escravo gostava de se imaginar morto.

Com frequência, fechava os olhos para que as imagens lhe viessem mais nítidas.

Em sua cabeça, via-se vestido num pano estranhamente branco. Com um bonito relógio de ouro pendente do colete, tomando a fresca da tarde, na varanda da casa-grande, refestelado na poltrona do senhor, enquanto este ou a senhora lhe serviam café numa xícara de cristal.

Outras vezes contemplava sua alma, seu espírito ou seja lá o que fosse, flutuando além da cancela e do renque de embaúbas, perdendo-se de vista no caminho poeirento pelo qual, seguramente, se chegava a uma vida menos dura do que a dele. Ou, talvez, por ali não se fosse para o Céu nem para o Inferno, mas diretamente para a África, a terra de selvas e planícies onde sua mãe nascera.

Cachorro Velho suspirou, balançando a cabeça, como costumava fazer para espantar o que o perturbava.

Quantos anos de vida lhe restavam: três, quatro, vinte? Toda uma eternidade? Difícil saber. Os escravos nasciam com a morte dentro de si e, às vezes, esta se mostrava de maneira caprichosa. Ou não se manifestava tão rapidamente quanto alguns prefeririam ou aparecia quando menos esperavam.

O ancião recordou Nsasi, o menininho de cinco anos atingido por um tiro escapado do rifle do senhorzinho quando este limpava a arma.

Nsasi estava alimentando as galinhas e tombou entre os grãos de milho sem um suspiro, com os olhos abertos, como alguém a quem arrancam algo das mãos. As galinhas, depois do alvoroço, continuaram bicando os grãos espalhados entre as roupas dele e ao redor de seus dedos mortos.

Tudo aconteceu em menos de um segundo. Na mesma noite, enquanto enterravam Nsasi, a senhora mandou que dessem uma túnica nova à mãe do menininho para que ela parasse de gritar. O caso do congo Tumba Cerrada foi outra coisa. Ele tinha quase cem anos e ainda caminhava ereto e ligeiro, sem bengala para se apoiar. Só que não podia trabalhar no campo: suas forças lhe faltavam para um trabalho tão duro. Também não podia ser porteiro, pois estava meio cego e dormia em todo canto. Então o senhor mandou que o tirassem do barracão e não lhe dessem mais comida, para ver se ele acabava de morrer. Mas Tumba era de espírito forte. Só para contrariar, viveu mais cinco anos, alimentando-se das frutinhas do jambeiro-rosa, como os pássaros do monte, e de uma ou outra boia que o pessoal do barracão lhe dava às escondidas. Dormia a céu aberto ou entre as velhas pás da antiga moenda. Qualquer lugar era bom para ele.

Teria vivido daquele jeito por muitos anos mais. Um dia, porém, amanheceu pendurado numa árvore enorme, no fundo do engenho. Quando contaram ao senhor, este assegurou que Tumba Cerrada se cansara de viver. Ninguém acreditou. Tumba não podia se pendurar sozinho numa árvore tão alta. Ao chegar a esse ponto, Cachorro Velho suspirava e dava uma cusparada no chão empoeirado.

"Vida de merda!", grunhia, e então desejava com todas as suas forças enveredar pelo caminho, muito além de onde seus olhos viam. Além de onde seus pés cansados poderiam levá-lo. Fugir para longe. Longe do Inferno e do senhor. Longe.

O senhor

Com o toque madrugador do sino, os escravos inclinavam a cabeça ante o Senhor que pendia nu de uma cruz ao lado do barracão, perto do bebedouro dos porcos. Depois partiam para o canavial cheio de cobras e escorpiões, com a bênção do senhor vigário.

Sob o sol, cortavam canas e cipós, temendo o açoite do feitor.

Na enfermaria, eram tratados com arnica e vinagre, mas convinha fazer silêncio, pois os gritos de dor incomodavam a sesta da senhora.

No almoço, quando o patrão descia até o pátio da fazenda, todos deviam olhar para o chão. E se o senhorzinho cismasse de sair cavalgando pela propriedade, então Cachorro Velho devia abrir a cancela, cabisbaixo e sem dar um pio.

Para o porteiro, todos aqueles senhores eram um só. Quer tivessem cruz, bengala, cavalo, arnica, chicote, breviário ou coroa de espinhos, dava tudo no mesmo. Um escravo nunca poderia ficar ereto diante deles e muito menos fitá-los nos olhos.

Os escravos sabiam que o patrão era o dono de suas vidas, seu senhor, aquele que decidia se eles mereciam viver ou não, se estavam prontos para constituir família, se podiam ficar com os próprios filhos ou se estes seriam vendidos como cestas de frutas.

O patrão deliberava sobre tudo o que se relacionasse às suas vidas e mortes, com mais poder do que Deus e do que todos os santos dos quais o vigário falava aos domingos.

Um escravo era apenas um pedaço de carne malcheirosa e mais nada. Um negro era uma besta de carga, um bicho, um bruto, um ladrão, uma alimária, um saco de carvão... Apenas uma peça.

Um senhor e um negro jamais poderiam ser iguais. Cachorro Velho sabia disso. Os negros nunca dariam chicotadas em uma criança que tivesse apenas apanhado um pedaço de pão. Ele nunca tinha visto Cumbá matar outro homem de pancada, nem Beira cortar a orelha de alguém, nem Malongo estuprar uma mocinha...

Todas aquelas atrocidades tinham vindo sempre dos brancos do engenho ou do feitor.

Catecismo

Para o vigário Andrés, Cachorro Velho era seu melhor aluno nas aulas de catecismo. Aos domingos, quando os escravos eram agrupados no pátio e o padre pregava sob o brilho do sol, falando do Céu e dos anjos, o porteiro baixava a cabeça, humilde e absorto.

Felizmente para o velho escravo, o vigário não podia ler pensamentos. Se o fizesse, teria descoberto que, em vez de prestar atenção aos sermões, Cachorro Velho recuava no tempo e se via em criança, com as pernas encolhidas, sentado no chão do barracão, escutando comovido a cerimoniosa voz da negra Aroni contando-lhe fabulosas histórias da África.

Aroni

"Eeeeiiii, escutem todos! O que eu vou contar assombrará vocês! Uma vez conheci um homem que tinha cabelo de marfim e olhos da cor do mar quando se enfurece..."

Aroni. Feiticeira das palavras. Bruxa dos devaneios.

Narrava a qualquer hora e em qualquer lugar. Seus contos eram para todos. Sentada no chão, perto das crianças, ou em um tamborete, junto aos mais velhos. Contava a negros e brancos, aos vivos e aos mortos, ao vento e às canas, aos patos e às formigas que subiam pelas paredes do barracão.

Não estava louca nem lúcida. Não era alegre nem triste. Não chorava nem cantava. Apenas contava histórias, fábulas que tinha escutado quando era menina em sua aldeia, na África. De seus lábios brotavam histórias de magos, de animais ferozes e encantados, de diabos e de anjos, de peixes de prata e madrepérola, de duendes barbudos, de príncipes guerreiros que caíam em desgraça.

Às vezes, Cachorro Velho e os outros não entendiam suas palavras, mas a escutavam do mesmo jeito. Acompanhando-a, metiam-se, sem saber como, pelo túnel estreito que ia até a caverna do ogro; ou viajavam até a Lua levados por um peixe mágico; ou eram reis com chapelões vermelhos dos quais saíam relâmpagos. Ou eram simplesmente homens e mulheres livres, com longos e belos caminhos a percorrer.

Aroni e sua voz grossa e melodiosa, como a de um homem que canta. Aroni contando com os braços abertos sob as árvores; contando debruçada sobre Cumbá castigado no cepo; contando aos filhos dos feitores. Falando do fogo e da água; do tempo e da morte; dos homens e de um país onde todos podiam se olhar nos olhos.

Pobre Aroni. Mãe dos contos, mulher de ventre murcho. Quando jovem, havia tomado uma poção para abortar o filho que um feitor deixara à força em suas entranhas.

A poção era de cuieira e fedegoso. Galhos arrancados da árvore à meia-noite.

Secou-a para sempre. Foi a mais breve e terrível de suas histórias, a única que ela nunca contou aos outros.

Para Cachorro Velho, a anciã era como um amuleto. Só porque ela vivia, a certeza de que sua mãe tinha realmente existido não o abandonava.

Aroni o trouxera ao mundo, tirando-o do ventre morno e acolhedor de sua mãe. Ela a conhecera, olhara-a nos olhos, escutara sua voz e seus gemidos de parturiente, secara suas lágrimas.

Às vezes, o ancião gostaria de fazer o tempo recuar, de entrar nos olhos de Aroni para descobrir em seu interior o rosto materno, misturado a contos e recordações, e trazê-lo à luz.

Mas já não se podia fazer nada. O fogo e o tempo haviam caído sobre a velha contadora de histórias, devorando-a junto com as coisas da infância de Cachorro Velho que ele não conseguia recuperar.

A voz e os contos de Aroni permaneciam na cabeça do porteiro, mas a verdadeira história de sua vida tinha terminado sem um final feliz.

Antes

Agora, quase com a morte em seus calcanhares, era porteiro. Mas, quando ainda lhe restavam forças, havia trabalhado cortando cana, desmatando, carregando as carroças com o bagaço, cortando lenha, empilhando carvão, alimentando os fornos, esfregando os tachos, lubrificando as peças da moenda todas as semanas, consertando as portas do barracão, construindo cepos...

E antes, quando rapazinho, tinha sido encarregado de levar a lenha cortada para a cozinha da casa-grande; de plantar inhame, cenoura, banana, taioba e abóbora; de limpar os chiqueiros; de levar os cavalos até o rio para lhes dar banho e água; de consertar as carroças; de destripar patos, frangos e porcos; de tirar a lama das botas do senhorzinho...

E quando não media nem três palmos de altura alimentava as galinhas; guiava as mulas da carroça de bagaço; limpava o milho; recolhia a roupa suja da casa-grande; enrolava as tiras de couro para o chicote novo do feitor... E ao nascer... tivera que trabalhar?

Cachorro Velho achava que sim, que já trabalhava desde o ventre de sua mãe.

Já era escravo desde então.

Pulsações

O porteiro tinha conhecido a tristeza, a dor incessante de todas as suas perdas, a inquietação do medo que não ia embora, o cheiro ameaçador da tortura e da morte. No entanto, desconhecia qualquer coisa que tivesse a ver com o amor.

Duvidava de que seu coração tivesse a força ou a resistência necessárias para encontrar o caminho correto e chegar àquele sentimento. Talvez a verdadeira razão para não o encontrar fosse simples: seu coração não o desejava.

Na primeira vez que o sentiu bater com intensidade, era um menino. Aroni contava sobre o garoto pobre que encontrou um peixe de prata e foi até a Lua para resgatar sua mãe das garras do Diabo. Cachorro Velho gostava tanto daquela história que seria capaz de jurar que seu coração, ao desfrutá-la, ficava mais poderoso do que as moendas do engenho. Pelo menos o ruído com que ele pulsava era bem semelhante.

Depois cresceu e não voltou a ouvi-lo, até que uma tarde o feitor estalou o chicote perto de sua cabeça e o mandou de castigo para o tronco. Ele não recordava exatamente o motivo, talvez não fosse importante. Um negro não tinha que fazer muito para ser castigado. De qualquer maneira, todo o seu corpo havia vibrado como um tambor antes que ele sentisse a primeira chicotada.

No entanto, o pior momento que ele atravessou com seu coração foi quando viu o corpo de Ulundi sumir numa nuvem de poeira atrás do cavalo que o arrastava: ele quase lhe fugiu do peito, seguindo seu amigo.

O ancião tinha certeza de que os urubus tinham devorado seu coração junto com o cadáver de Ulundi, pois desde então não o sentia.

Às vezes pousava a mão no peito e era como pousá-la sobre uma pedra. Nenhuma pulsação, sequer um rumor. De seu interior não vinha nada que lhe garantisse que ele ainda estava vivo.

Via os outros trabalhando embaixo de sol ou de chuva, suportando as picadas dos insetos, dormindo amontoados no barracão, e se perguntava se com eles acontecia o mesmo.

Por essa época, duvidou mais do que antes da existência de algo acima de suas cabeças. Se nem sequer podia garantir que tinha um coração no peito, como esperar que alguém vivesse entre as nuvens?

Cachorro Velho entendia cada vez menos as coisas dos brancos.

No domingo seguinte ao do suplício de Ulundi, quando o padre assegurou que o acontecido com seu amigo tinha sido obra da vontade divina e lhe achegou o breviário e a cruz para que os beijasse e pedisse perdão pelos seus pecados, cuspiu neles, como se lançasse uma cutilada.

O sacerdote fugiu correndo da capela. Para seu azar, escorregou na lama e quebrou uma perna e dois dedos da mão direita.

Foi a segunda vez de Cachorro Velho no tronco. Por sua "blasfêmia", recebeu de castigo cem chicotadas.

A pele de suas costas, sanguinolenta e rasgada, parecia ferver. Ele quase morreu. No entanto, agarrou-se à sua raiva, ofegante. Não tivera outro remédio a não ser dar a eles sua vida, mas estava empenhado em não lhes presentear sua morte.

Asunción

Cachorro Velho não tivera oportunidade de saber o que era carinho. Essa palavra nem sequer lhe soava familiar.

Claro, tinha estado com mulheres no escuro do barracão, rodeado pelos roncos dos outros. Ou no canavial, ou atrás da cozinha da casa--grande. Mas não havia nele a paixão que, por exemplo, percebia nos olhos de Luciano quando ele via Keta voltar do rio, trazendo na cabeça sua cesta de roupas úmidas. Ou o afeto de Malongo pelos cavalos e outros animais do engenho. Nem a devoção dos homens pelos deuses que viviam e morriam com eles no barracão ou no tronco. E muito menos a ternura de Carlota na hora de semear flores. A terra parecia retumbar quando ela se aproximava. A vida de suas flores era respeitada do mesmo modo por secas, por inundações, pelo vento selvagem que soprava sobre os canaviais e pelas abelhas vorazes que enxameavam depois do aguaceiro. Suas mãos pareciam ter um pacto mágico com a natureza.

E nem assim comoveram o coração de Cachorro Velho.

Depois da morte de Ulundi, ele não queria ter pactos com ninguém. Nem com mulheres, nem com bichos, nem com plantas. Ficava com uma mulher se ela o quisesse; dava banho nos cavalos e cuidava de patos e porcos porque era sua tarefa; cortava as canas e os cipós no campo porque era obrigado, como todos os outros escravos.

Não procurava se envolver com algo fora disso. Não queria se comprometer nem sequer com seu coração. Que este pulsasse como quisesse, mas que não o incomodasse com outras coisas.

Achava que, se cada um se mantivesse nos trilhos, tudo iria bem. Na vida de um escravo, o amor só poderia ser um estorvo. Disso tinha certeza. Não queria correr mais riscos além dos que já corria por ser uma "peça" do senhor.

No entanto, em meio às suas meditações, o velho mentia. Antes que se afastasse definitivamente do Amor, ele o conhecera.

Naquela época, o patrão ainda não havia comprado Ulundi no barco, nem o senhorzinho tinha nascido. Cachorro Velho era um rapaz e Aroni continuava viva e contando história aos menores.

A manhã em que tudo aconteceu não era diferente das outras que a tinham precedido. O sol flutuava sobre o campo como em todas as alvoradas, e os seixos do caminho se insinuavam entre os dedos dos pés descalços, como de costume.

Já no rio, ele arregaçou a calça e meteu os cavalos na água, sem perder tempo. Ainda devia colher as hortaliças para o almoço, empilhar carvão e ajudar as escravas domésticas em qualquer outra tarefa. Pensando em tudo o que lhe faltava fazer, começou a esfregar o lombo do primeiro animal com suavidade.

A água do rio estava fria e transparente. Alguns peixinhos vinham espiar perto de suas pernas. Na margem, abundavam os buracos de caranguejos e paguros. Cachorro Velho molhou a cabeça do cavalo com o pano, e então a viu. Ela vinha nadando em sua direção e, por momentos, o sol, que se filtrava entre as folhas das árvores próximas, desenhava de luz sua pele morena. O cabelo curto e muito crespo se apertava ao redor de sua testa e dos lados do rosto. Os olhos eram de gazela, amendoados e escuros.

De repente, ela submergiu na água como um peixe e na mesma hora emergiu muito perto dele, se agitando e rindo.

Somente nesse instante Cachorro Velho notou que a moça estava completamente nua.

Desconcertado, enredou-se entre os cabrestos dos animais e caiu ao comprido no rio. Quando conseguiu se levantar, estava encharcado dos pés à cabeça e ela ria sem parar.

Era a jovem mais bonita que ele vira em sua vida. Poderia ficar contemplando-a para sempre.

Nesse momento, ela voltou a cabeça e se afastou nadando corrente abaixo.

Sem pensar, ele se atirou ao rio e nadou desenfreadamente. Mas a moça já estava longe demais.

Um momento antes de sumir na curva, porém, levantou uma mão, dizendo-lhe adeus.

— Como é o seu nome? — esgoelou-se Cachorro Velho, quase sem forças.

Ela sorriu de novo e lhe gritou:

— Asunción! Eu me chamo Asunción! — E sua silhueta desapareceu entre as sombras.

Ele ficou boiando, sem saber se voltava à margem ou se continuava atrás da moça.

Finalmente, saiu. Sentado numa pedra, começou a chorar sem saber por quê.

Desde aquele dia, procurava ir sempre ao rio. Para lavar cavalos, pescar, pegar tartaruguinhas de água doce para a fonte que a senhora mantinha no jardim; para fazer qualquer coisa, enfim, na esperança de reencontrar Asunción.

Foi inútil, ela não apareceu mais.

A fuga

Cinquenta anos depois, e ainda pensando em Asunción, Cachorro Velho se apoiou na paliçada e olhou na direção do rio. De repente, uma lufada o golpeou na cabeça e levou o chapéu para além da cancela. Praguejando, o velho empurrou o postigo de troncos e saiu para o caminho.

Entardecia. A luz do sol dourava as folhas das árvores.

Cachorro Velho começou a caminhar penosamente. A perna lhe doía. Vinha sentindo aquela dor havia dias. Beira lhe preparara vários cataplasmas de artemísia e mastruz, mas ele, atarefado com as galinhas e os patos, abrindo e fechando a cancela a cada momento, plantando taioba e quiabo atrás da choça, não tinha achado tempo para aplicá-los.

Nesta noite, faria isso. Também se untaria com sebo de carneiro bem quente e depois amarraria o pé com uma tira de saco.

O velho caminhava devagar, profundamente mergulhado em seus pensamentos. Precisava de uma bengala, um pedaço de pau qualquer para se apoiar. Pediria a Cumbá que lhe preparasse um. De majágua ou, melhor ainda, de maçaranduba.

Uma vez, fazia muito tempo, Aroni lhe dissera que a maçaranduba era a madeira mais dura e resistente da floresta.

A velha Aroni contava muita coisa, muita... O porteiro recordou seu rosto e viu seus olhos cheios de névoa e seu cabelo ainda preto, apesar da idade. Quantos anos teria?

Os pés de Cachorro Velho entraram numa moita de losna-branca, espantando borboletas e mamangabas.

Dentro em pouco o feitor distribuiria as roupas. No ano anterior, só coubera ao ancião um gorro de bombazina encarnada. Era um bom gorro, mas durante o dia, com o calor, esquentava demais a cabeça. Certa noite, ele desfechou um golpe de facão numa jiboia-vermelha que havia rastejado para dentro da choça e, sem perceber, rasgou o gorro. Mas nada podia ser jogado fora.

Cachorro Velho continuou a usá-lo, aberto sobre a cabeça. Até que Bibijagua, a galinha de Beira, escolhera-o como ninho.

O porteiro tossiu. Estava encatarrado. Lançou a cusparada para um lado, despreocupadamente, e continuou andando, falando consigo mesmo. Talvez lhe dessem um paletó ou um corte de pano cru para se cobrir. Com frequência acordava no meio da noite tremendo de frio. Já estava velho, velho demais. Como

Aroni, como Tumba Cerrada. Os velhos pegavam friagem nos ossos. O porteiro recordou os dedos retorcidos e rachados de Aroni; os tremores de Má Rufina, os passos vacilantes de Goyo, a bengala de Tumba... Quando era rapazinho, tinha rido deles, e agora... ficara igualmente velho. Havia sido ágil, forte, montava os cavalos de um salto, mergulhava até o fundo do rio... Agora era só um ancião pensando em coisas passadas.

Uma libélula esvoaçou pelo seu rosto. Cachorro Velho afugentou-a com uma mão, manquejou mais três ou quatro passos e, espantado, parou de chofre.

Já não estava no caminho poeirento. De um lado viu umas doze árvores grandes, de sombras frondosas. De outro, os cipós-de-cabaça se enredavam silvestres, apoderando-se da terra. Por toda parte floresciam a maravilha, a prodigiosa e a esponjinha. Havia silêncio. Não se escutavam os latidos dos cães nem os relinchos dos cavalos da fazenda.

Onde estava? De repente, alguma coisa se mexeu na folhagem. Assustado, virou-se a tempo de perceber a cabeça inquieta de uma cutia. O animal o encarou por alguns instantes e em seguida desapareceu.

Um estremecimento o sacudiu da cabeça aos pés. Não entendia o que havia acontecido.

Girou devagarinho sobre os calcanhares. Seu coração deu um salto. O chapéu continuava jogado no caminho, mas cem metros atrás. Ele o tinha ultrapassado sem se dar conta.

Aonde diabos estava indo? Por que se afastara do caminho? Para onde suas pernas de homem velho, seus pés de escravo queriam levá-lo? Em que estava pensando? O que ia fazer, fugir?

O velho sentiu a camisa se grudar às suas costas. Estava suando. Aterrorizado, começou a correr. Sabia o que poderia lhe acontecer se o feitor ou o patrão o pegassem fora de seu lugar, longe da cancela, de seu quartinho, fora da propriedade. Ele era um escravo, e não um homem que pudesse caminhar por onde lhe desse na telha. Não era dono de seus passos nem de seu caminho. Nem sequer lhe pertenciam os ossos que tremiam, de noite, sobre o catre.

Subiu para o caminho com esforço, arrastando a perna, ofegando, maldizendo sua lentidão de velho, rezando para que não o vissem.

Teve a impressão de que o terreno se alongava, de propósito, para fazê-lo demorar ainda mais, para não o deixar chegar. Para que o surpreendessem escapulindo, como Cumbá havia feito, como Coco Carabalí e muitos outros.

Cachorro Velho recordou aquelas noites de cepo, recordou o cheiro do sangue e da morte. O cheiro de seu próprio temor.

Passou ao largo do chapéu, com os braços estendidos para diante. Chegou sem fôlego, mais morto do que vivo, e se abraçou ao tronco rugoso da cancela, sentindo-se a salvo.

Pouco depois, abriu-a com um empurrão e se lançou para dentro.

Percorreu apressadamente a trilha. Já não sentia a perna nem o suor frio que lhe banhava a cara e lhe deslizava pelo pescoço. Saltava por cima dos seixos sem se deter.

Já na penumbra de sua choça, jogou-se trêmulo no catre, chorando, envergonhado por aquele medo terrível de se sentir livre.

Fornecimento de roupas

O feitor tocou o sino e todos se aproximaram do pátio central. O sol da manhã era suave e o vento trazia, quase imperceptível, o cheiro enjoativo da moenda.

Os ajudantes do feitor entregaram às mulheres umas batas de tecido cru, com bolsos grandes, e lenços coloridos. Os homens receberam camisas grossas e calças para o trabalho no campo. Os meninos e as meninas também tiveram direito a roupas e chinelos.

Quando a distribuição acabou, Cachorro Velho continuava ali, sob o sol, com as mãos vazias dentro dos bolsos de sua calça de saco. De cabeça baixa, disse:

— Me desculpe, seu feitor, mas falta o meu fornecimento.

O homem tocou a bota com a ponta do rebenque e olhou carrancudo para o ancião esquálido.

— O que tinha para distribuir já foi distribuído. Suma-se daqui pro seu canto e não me chateie! — resfolegou o feitor, dando-lhe as costas para ir saindo.

— Achei que este ano talvez sobrasse um pedaço de... — tentou prosseguir o velho, mas, com o rápido golpe que recebeu, só se deu conta do que havia acontecido quando o sangue já lhe ganhava o rosto e ele não conseguia se mover, porque estava caído no chão, com a bota do feitor lhe apertando o peito.

Mochila

Beira tocou a ferida e o velho gemeu.

A aresta do rebenque havia aberto sua pele. Da bochecha ao queixo. O rosto, inflamado e sanguinolento, ardia.

"Fique quieto!", ordenou a mulher, enquanto lhe passava no corte uma gororoba vegetal.

Cachorro Velho se queixou de novo. O céu escurecia lentamente. Dali a pouco dariam o toque de silêncio. Ouviram-se passos lá fora. Alguém bateu à porta.

Beira limpou as mãos num pano e foi abrir.

Ali, no umbral cheio de sombras, estavam os homens do barracão.

Encabulado, Cachorro Velho virou o rosto inchado para a parede coberta de fuligem, mas, à tênue luz da vela, já reconhecera José Marufina, El Negro, Carlota Palo Tengue, Manuelito, Cumbá, Súyere...

— Tome — disse um deles, e colocou um volume sobre a mesa. — Foi o que a gente conseguiu.

— O velho agradece — interveio Beira, depois de contemplar os ombros trêmulos do porteiro.

— O que é que ele tem? — perguntou Súyere, meio inquieto.

— Nada, só um pouco de febre.

— É melhor a gente ir, ele precisa descansar — disse então Cumbá, e todos se retiraram.

A mulher fechou a porta com suavidade e foi até a mesa.

— Não vai ver o que lhe trouxeram? — perguntou, desatando o nó da mochila.

— Deixe isto aí! — atalhou o velho com certa rudeza. Depois suavizou a voz: — Amanhã eu vejo.

Magoada, Beira recolheu seu xale de cima de um tamborete.

— Vou pro meu cafofo — respondeu, e saiu para a noite.

Cachorro Velho se virou de barriga para cima no catre. Na penumbra, a trouxa lhe pareceu um animal agachado, pronto para lhe cair em cima. Levantou-se a duras penas, sentindo a cabeça grande e inflada como uma abóbora. Aproximou a vela e abriu a mochila. Dentro havia uma manta desbotada e um paletó furado nos cotovelos.

Nessa madrugada fez frio como nunca, mas o velho, embrulhado nos presentes do pessoal do barracão, quase não o sentiu.

Súyere

—Achei o chapéu do senhor um dia desses— disse Súyere, como quem se desculpa. O velho desviou o olhar. Tinha vergonha de que o garoto o visse assim, marcado como uma das reses do curral.

—Onde?

—Por aí.

Súyere alternava insistententemente os pés. Seu corpo, franzino e leve, se balançava de um lado para outro.

Cachorro Velho olhou os pés dele, cobertos de chagas.

— O que foi isso?

Sobressaltado, o garoto baixou a vista.

— Fui preparar o banho do senhorzinho e a jarra de água quente caiu.

— Você se queimou — concluiu o velho, levantando-se do banco dificultosamente. Recolheu o chapéu da mão do menino e voltou com um panelão.

Sem dizer uma palavra, introduziu os pés dele no recipiente e os refrescou com água de moringa. Tinha sempre alguma guardada para qualquer remédio. Aquele líquido era quase milagroso, e tanto servia para curar um ferimento como para tratar uma indigestão ou afastar um mau espírito.

Súyere notou o tremor das mãos do velho, mas não disse nada.

— Vai ficar bom logo, logo — disse Cachorro Velho. Depois envolveu os pés do garoto em folhas de imburana e atou-as com uma tira de saco.

— Não precisava se incomodar, velho, o médico...

— Aquele lá num é médico nem nada!

Súyere se encolheu no tamborete. O ar flutuava úmido e leve sobre a choça. Seu voo rasante anunciava chuva. Movendo-se lentamente, as nuvens foram se apoderando do céu e escurecendo tudo. Ao longe, o horizonte começou a se quebrar em relâmpagos. Um trovão soou poderoso, sacudindo a terra.

— O tempo não vai abrir até de manhãzinha — disse Súyere, tirando os pés de cima dos joelhos do velho.

— Espera.

Cachorro Velho foi até o fundo da choça e voltou com umas graviolas meio moles.

Os olhos de Súyere brilharam. Rapidamente ele pegou as frutas e escondeu embaixo da camisa. Devia ter oito ou nove anos. Estava magrinho e desgrenhado, mas sua expressão era tranquila e terna. O patrão o comprara no verão anterior, para dá-lo ao senhorzinho como presente de aniversário.

Súyere assomou à porta. Cachorro Velho observava sua própria perna inflamada. Desde que Beira não cuidava mais dele, estava pior. Não sabia preparar aquela gororoba que a mulher confeccionava e que o aliviava tanto.

— Pode ir — disse ao garoto.

Súyere correu pelo caminho, saltando aqui e ali, desviando-se das pedras e dos arbustos.

Quase ao mesmo tempo, as primeiras gotas começaram a cair.

Árvores, plantas, flores

Rodeava o engenho um denso manto verde. Troncos de todos os formatos, folhas de cores variadas, flores com todos os perfumes.

Cachorro Velho era amigo das árvores. À noite, em seu catre, gostava de escutá-las. E de manhã tocava suavemente os caules rugosos e cheios de seiva e orvalho, como se os saudasse.

Entre as mais altas da floresta, o ancião conhecia a embaúba, que, multiplicada e sábia, vigiava aqui e ali a paliçada e a cancela. Tinham ensinado a ele que o cozimento quente de suas folhas, derramado sobre uma cruz de mel e tomado antes de se deitar, curava o catarro e a friagem dos pulmões. Abrigo das corujas-brancas e dos vagalumes, seus ramos espigados eram amigos do vento e do sussurro.

Também admirava os flamboyants, as majáguas, as gameleiras e até as mutambas, árvores sombrias nas quais costumavam aparecer pendurados os escravos suicidas.

Cedros, palmeiras e cajazeiras se erguiam ao longe, junto de extensas folhagens, refúgios de pássaros e abelhas.

Embaixo, perfumando a terra, as plantinhas e suas flores. Brilhantina, verbena, cordobã, orégano, espinafre, manjericão, hortelã. Girassol, jasmim, rosa, alcaçuz, amor-agarradinho, jambeiro-rosa...

Do outro lado do rio, árvores frutíferas: mangueiras, goiabeiras, sapotas-mamey, laranjeiras. Frutos fragrantes, suculentos, tentadores. Alívios para a fome e a inquietação.

Os escravos utilizavam ervas com frequência. Para remédio do corpo e da alma. Com a artemísia, acalmavam suas dores e febres. O sumo da erva-de-santa-maria servia para afugentar as lombrigas da barriga das crianças. Com a resina do cupaí, cicatrizavam-se as feridas produzidas pelas chicotadas. O cozimento de cuieira e guaco fazia as mulheres abortarem suas crias. O néctar do cipó-una acalmava as picadas de escorpiões e de outros bichos venenosos do campo.

Com flores de açucena e dama-da-noite, Carlota esfregou a pele de uma escrava fugitiva e de seu filhinho e despistou o faro dos cães que os perseguiam.

Com folhas de abieiro, lavaram o corpo de Eulogio Malembe antes de enterrá-lo.

Com uva-do-mato, enxaguavam os recém-nascidos antes que eles fossem entregues à casa que servia de berçário.

Com pau de quebra-osso, ervas bibona, cibianto e garcínia, algodão-da-praia, caseária, figueira-venenosa e pimenta chinesa, os homens do barracão preparavam sortilégios contra a alma do senhor, contra seu corpo e sua mente. Contra o feitor e seu látego. Contra os cães e seus caninos. Contra a vida de trabalhos e infelicidade que levavam no engenho. Mas o patrão parecia imune a todos esses feitiços. E nem o feitor nem os cães sucumbiam.

O único que morreu foi dom Patrício, um dos poucos brancos bondosos que Cachorro Velho havia conhecido. Homem rico, dedicou sua fortuna a dar dinheiro às escravas para lhes comprar o ventre. Ia de um engenho a outro, distribuindo moedas e consolo. Muitas crianças nasceram livres graças à sua bondade.

Morreu pobre, de fome. Um dia amanheceu numa encruzilhada, com os olhos abertos, o coração paralisado, os braços enredados nos cipós-de-cabaça.

O porteiro não conseguia aceitar o desígnio errático da vegetação. Não a entendia.

De sua choça ele via a sumaúma, imperturbável e solene, abrigando os barracões e os chiqueiros, com os olhos de seu córtex enrugado enxergando além dos canaviais.

Para os escravos, aquela era uma árvore sagrada, guardiã das almas e dos deuses. Um lugar seguro para deixar oferendas e preces.

Cachorro Velho não rezava por uma vida mais longa, não pedia permissão para pisar na sombra das sumaúmas do monte, não ansiava por aliviar sua alma com as poções de raízes e ervas.

Sabia que as plantas não podiam arrancar de dentro dele tanto pesar. Tampouco lhe trariam de volta tudo o que já se fora. Nem as árvores milagrosas do campo poderiam fazer isso. Nem a terra fértil onde cresciam as sementes, nem sequer a majestosa sumaúma pela qual, segundo alguns escravos, Deus descia à terra a cada noite. Nenhuma delas tinha o poder de fazê-lo recuperar o que perdera antes mesmo de nascer.

O nome

O pai do senhor do engenho foi quem o chamou assim: Cachorro Velho, e ninguém mais voltou a lembrar seu verdadeiro nome.

De modo que o apelido não era novo: acompanhava-o desde que ele era muito menor do que Súyere.

A velha Aroni, guardiã de todas as histórias, contou-lhe como isso havia acontecido. Cachorro Velho tivera dois nomes: um, dado pelo antigo vigário; outro, por sua mãe. O do padre foi Eusebio; o dela, um nome africano do qual nem sequer Aroni se lembrava.

Dias depois de seu nascimento, sua mãe voltou a trabalhar no campo, cortando cana e desmatando. Quanto a ele, levaram-no para o quarto grande, onde três ou quatro escravas idosas cuidavam dos recém-nascidos. O menino não voltou a estar em seus braços, mas, sempre que alguma mulher passava perto, ele cheirava, buscando o aroma perdido.

O pai do senhor do engenho achou engraçado ver o bebê farejando todo mundo. Dizia que isso lhe recordava os sabujos quando tinham fome, ou quando corriam inquietos para o mato, perseguindo algum escravo fugitivo.

Por isso dera a ele aquele apelido.

O ancião apertava os olhos até sentir dor, mas não conseguia se lembrar de absolutamente nada. Tentava resgatar o rosto e o odor amado do meio de tantas lembranças que turvavam sua mente. Em vão. Depois de tanto tempo e sofrimento, sua velha cabeça parecia querer esquecer tudo.

Sombras

Com um gesto rápido, o velho enfiou o chapéu até os olhos. Prendeu a porta desmantelada de sua choça com um pedaço de corda gasta e saiu mancando devagar pela trilha salpicada de macela-do-campo e que, após atravessar uma colina suave, desembocava nos chiqueiros e no criadouro de patos e gansos.

Acima do arvoredo, o céu aparecia violeta e tranquilo, prestes a se encher de estrelas.

Cachorro Velho subiu a elevação olhando para o solo, como se quisesse se apoiar em cada pedra ou matinho. Ao chegar ao cimo, parou. Estava exausto. Apoiou uma mão na cerca coberta de amor-agarradinho e lagartixas fugidias e esperou que passasse a falta de ar. Ultimamente, isso lhe acontecia. Ele sentia os ossos se desconjuntarem sob a pele e se cansava tanto ou mais do que qualquer escravo que trabalhasse no campo. Às vezes esquecia recados e rostos e se perdia pelos caminhos do engenho, os mesmos que havia percorrido a vida inteira.

Certa noite, quando saboreava o invariável prato de hortaliças e carne-seca, adormecera com a colher na mão.

Cachorro Velho não dava muita importância àqueles percalços do corpo e da memória. Com mais de sessenta anos, isso era completamente normal. O estranho era o quanto ele sentia falta de Beira. Antes, quando não a conhecia, a solidão era algo natural, cotidiano. Pertencia-lhe como um braço ou uma perna.

Mas, desde a chegada da mulher, sua rotina havia mudado. Se passasse vários dias sem vê-la, ele ficava agoniado. Muitas vezes tinha verdadeira saudade dela.

O simples fato de permanecer ao seu lado, sem dizer uma palavra, apenas ouvindo aquele murmúrio que ela emitia quando lidava com o fogão, fazia-lhe bem. Um de seus olhos começou a lacrimejar. O velho tocou a face inflamada. O ferimento, tratado com mel e seiva de securidaca, já começava a fechar, mas a ardência não tinha cedido.

Uma revoada de pássaros se levantou de uma árvore próxima e passou chilreando sobre sua cabeça.

Lentamente, o ancião desceu a ladeira.

No começo da tarde havia caído uma chuvinha leve e, por isso, ele sentia a terra úmida e esponjosa sob os pés.

Cachorro Velho sorriu, recordando. Quando criança, modelava recipientes e bonequinhos em barro. Tinha mãos boas, quase mágicas. Até os escravos mais velhos admiravam sua habilidade. Uma vez, encarregaram-no de construir um deus guardião para proteger de qualquer malefício a entrada do barracão. Para isso, Cachorro Velho foi até a margem do rio e escolheu o barro. Já no barracão, misturou-o com alguns ramos e com fragmentos de cascos de tartaruguinha. Com aquela massa fez uma estatueta encurvada, de rosto enfurecido e olhos de pedra. Na testa e nas faces a figura tinha marcas profundas, e nas mãos se destacava um arco tensionado, pronto para disparar uma pequena flecha de cobre.

Os velhos se horrorizaram ante a imagem. Tinham certeza de que o garoto havia modelado Exu Alawana, o deus da desesperança e do infortúnio, aquele que guiava os mortos a golpes de látego até o além, aquele que fazia os cães do feitor matarem um escravo a dentadas, aquele que enfurecia o senhor contra os negros do engenho.

Cachorro Velho não conhecia esse deus nem nenhum outro. Na verdade, duvidava de que existissem. Para ele, os cães mordiam os escravos porque eram adestrados para isso, e o senhor se enfurecia com eles pelo mesmo motivo: não poderia amá-los, sabia apenas tornar-lhes a vida mais miserável.

Era uma tolice lançar a culpa daquilo sobre outros, principalmente se eram gente que vivia no Céu e não se mostrava.

Ele tinha apenas tentado fazer a figura de um caçador de veados. Um homem da selva parecido com os que a velha Aroni descrevia em seus contos sobre a África. Só isso. Mas os anciãos não acreditaram.

Nessa mesma noite destruíram a imagem e purificaram o barracão com ervas e rezas estranhas.

Depois disso, o menino Cachorro Velho não voltou a tocar em barro.

Agora, descendo devagarinho pela trilha, o ancião pensava em como era curioso isso de às vezes jogar com o tempo. Quanto maior era o peso de seus anos, mais rostos e nomes do passado voltavam à sua cabeça. Somente a lembrança da mãe permanecia velada, coberta por um pano escuro e grosso. Cachorro Velho não recordava seu nome, nem a forma de seu rosto, nem o som de sua voz. Era africana, isso ele sabia pela velha Aroni. Mas o que significava isso, além do fato de que tinha vindo de longe?

Para muitos, os escravos vindos da África eram um mistério. No barracão havia alguns. Falavam pouco ou nada com os outros, afastavam-se de todos. Nesse grupo eram frequentes os suicídios ou as mortes na tentativa de fugir para o mato. Muitos anos antes, talvez mais de vinte, Cachorro Velho fora amigo de Ulundi, um desses. Foi Ulundi quem iniciou o fogo que destruiu o armazém de sacos de açúcar e no qual morreram três escravos. Bonito e altivo, não parecia escravo. Tinha olhos de leão e não baixava a cabeça diante de ninguém. Havia sido seu companheiro. Salvou-o de morrer afogado no rio, ajudou-o, protegeu-o como ninguém.

Quando o feitor pendurou o corpo de Ulundi numa algarobeira para que servisse "de lição", Cachorro Velho achou que ia enlouquecer. Durante semanas, ficou planejando como vingar a morte dele.

Chorava ao ver os corvos e urubus se alimentarem do corpo do amigo. As aves tinham vindo de toda parte e cobriam com suas asas o cadáver, os galhos da algarobeira e o caminho.

Antes de atravessar a trilha que levava aos canaviais, era preciso atirar pedras nos ramos para dispersá-las.

Foi por aquela época que os primeiros corvos chegaram à propriedade. Nunca mais foram embora. Escureciam o matagal com suas penas negras, invadiam as plantações de milho, incomodavam os caminhantes com suas bicadas. Foi preciso mudar o percurso até o canavial.

Muitas coisas estranhas sucederam então. No engenho houve a pior colheita; os tachos de garapa se enchiam de vermes e cobras.

Apareceu um homem branco morto, jogado de bruços perto da cancela, sem um braço.

Cachorro Velho não gostava de pensar em Ulundi. Por alguma razão estranha, ao recordá-lo, também o esquecia um pouco. Certa ocasião lembrou-se dos joelhos do amigo, mas se esqueceu completamente de seus pés. Outra vez, só conseguiu evocar seu torso musculoso, seus enormes braços e a cabeça erguida, enfeitada com tranças e búzios. O resto do corpo simplesmente havia desaparecido de suas recordações. No lugar dele permanecia uma neblina densa, compacta. Uma barreira de fumaça que nem o vento conseguia trespassar.

O ancião não queria perder nem mais um pedaço de Ulundi. Não queria ver, em vez do amigo, um buraco de vapor ou de plumas. Por isso evitava pensar nele. Às vezes seus pensamentos eram mais vorazes do que os pássaros do mato e mais ardentes do que o fogo que carbonizara o barracão de açúcar.

Sacudiu a cabeça e, com a mente pintada de cal, dobrou uma curva lamacenta. Entre as sombras da noite apareceu a choupana de Beira. Havia chegado.

Já do lado de fora, ouviu o estalar da lenha no fogo.

"Beira!", chamou, encostado à porta.

Um ruído surdo lhe chegou através da parede de madeira. O ancião espiou discretamente por uma fresta. Lá dentro, mal havia luz. Do fundo vazio de uma cuia, um pedaço de vela clareava debilmente o interior. De um lado, um enxergão coberto de trouxas e recipientes; de outro, uma mesa com maços de ervas, talos, algumas frutas e colheres rústicas.

De repente, uma sombra atravessou voando o cubículo. Assustado, o velho se afastou da fresta, com o coração lhe saltando no peito. Trêmulo, com as pernas se negando a sustentá-lo, virou-se para o caminho.

A noite, alheia ao medo dele, continuava a se derramar impassível e cheia de estrelas sobre as árvores e a terra umedecida. A sombra já não estava lá. Somente seu cheiro permanecia ao redor de Cachorro Velho: em tudo ele farejava Beira.

Aísa

— Deve ter sido Bibijagua, essa galinha voa mais do que pombo-correio.

Beira estava diante do velho, com as mãos na cintura e o feixe de lenha perto de seus pés descalços.

— Está tarde — respondeu ele, olhando para o caminho.

— Fique, e eu lhe faço um café.

Sem esperar resposta, a mulher se apoiou na porta da choupana e deu-lhe um tranco. Já lá dentro, empurrou um tamborete para o porteiro:

— Sente-se.

O velho hesitou antes de entrar. Do umbral, examinou cada canto com olhar inquieto. Sentia uma presença estranha no cubículo.

—Tem alguém aqui— disse.

Beira começou a rir, e depois foi avivar o fogo com seus dedos suaves.

Cachorro Velho nunca a vira sorrir, de modo que lhe pareceu estar diante de outra mulher. Bem diferente, cheia de segredos e sombras que voam e desaparecem. Ele achou que os homens do barracão talvez estivessem certos e Beira fosse uma criatura diabólica.

Nesse momento, a mulher soprava as achas empilhadas. O fogo começou a arder e o rosto de Beira se tingiu de um reflexo dourado. O cabelo, preso em tranças finas e apertadas, tornava seu rosto mais delgado e mais jovem. Ela era bonita, muito bonita. Cachorro Velho olhou seus ombros cobertos de cicatrizes.

— Beira, quantas vezes você foi açoitada? — perguntou.

Ela parou de soprar os carvões e o encarou sombriamente.

— Para que o senhor quer saber?

— Não é nada, eu só queria... Essas cicatrizes... — murmurou o porteiro.

De repente, ouviu-se um barulho num canto do quartinho, atrás de uns trastes empilhados.

Beira se afastou rapidamente do fogão e se aproximou da porta. Segurou o velho por um braço, puxou-o mais para dentro e depois foi espiar a noite.

— Não tem ninguém — disse. Fechou a porta e travou-a com um galho robusto.

— O que está acontecendo? — perguntou ele.

Sem responder, a mulher colocou um anteparo de couro endurecido diante da claridade do lume. Depois vistoriou as frestas da parede, cobrindo-as com trapos e grumos de terra. Deslocou o catre, os trastes e as cestas vazias que se amontoavam desordenadamente.

Cachorro Velho não entendia nada. Via Beira passar ao seu lado, agitada e com pressa, sumindo e reaparecendo na penumbra da choupana, e seu instinto lhe dizia que algo grave estava prestes a acontecer.

Finalmente, a mulher se virou para ele. Tinha os olhos úmidos e seu lábio inferior tremia às vezes.

— A menina fugiu e veio me procurar. Estou escondendo ela.

Cachorro Velho quase perdeu o equilíbrio:

— Quem?

— A menina — repetiu Beira, olhando para o canto onde estavam as cestas.

Uma garotinha de rosto abatido e coberta de fuligem saiu de sob as trouxas de roupa. Devia ter entre dez e doze anos. Sua pele era clara e os cabelos, curtos e revoltos como ninhos de pássaros, tinham farelos de milho e folhas de árvore.

Assim como Beira, estava descalça. Vestia uma bata que lhe ficava grande demais e fitava o porteiro com olhos assustados.

— Chegue mais perto. Deixe o taita ver você — disse Beira, estendendo-lhe a mão. De um salto, a menina se escondeu atrás da mulher, apertando-se contra ela como um animalzinho indefeso.

Cachorro Velho baixou a cabeça, suspirando.

— O que ela está fazendo aqui? — perguntou.

Beira o encarou por um instante.

— Fugiu do engenho La Merced e eu...

— Ficou maluca? — interrompeu-a o ancião. — Você sabe muito bem que a gente não pode esconder escravos fugitivos. Ela tem que sair daqui agora mesmo!

O porteiro coxeou até o fundo do cubículo, onde ficava o esconderijo da menina.

Havia um buraco no solo. Espalhadas ao redor, estavam as cestas utilizadas na cozinha da casa-grande para armazenar frutas e hortaliças, pedaços de cordas desfiadas, ramos grandes de algarobeira, trapos e caldeirões sujos.

— Ela tem que ir embora! — repetiu Cachorro Velho, balançando a cabeça. — Aqui vai ser descoberta logo.

— Ela fica! — exclamou a mulher.

O ancião sacudiu os braços no ar.

— Beira, ela não pode ficar, você vai pagar isso com a vida! O engenho La Merced fica perto demais. Amanhã os cachorros já estarão aqui.

A garota começou a chorar. Beira abraçou-a e depois lhe acariciou o cabelo desajeitadamente.

— É só uma menina — disse.

— É uma escrava! Tem dono! — quase gritou o velho.

Então, de um só golpe, a mulher rasgou o vestido da garotinha e mostrou a ele as costas dela. Incontáveis feridas meio cicatrizadas atravessavam os ombros frágeis e as costelas. A carne estava manchada de vergões escuros e de um lado, quase sobre a omoplata direita, havia uma marca feita a ferro em brasa.

— Veja! — exclamou Beira, exaltada.

Cachorro Velho baixou a vista. Devagarinho, aproximou-se da menininha que chorava e tremia. Cobriu-a com os farrapos da bata e, com ternura, tocou-lhe a face úmida.

— Como é o seu nome? — perguntou.

— Aísa — respondeu ela, tímida.

— Você tem mãe?

— Ela não tem ninguém — interveio Beira, tirando outro vestido de uma trouxa de roupa.

— Tenho, sim! — afirmou Aísa, e seus olhos cintilaram. — Meu pai fugiu pro mato e o patrão não conseguiu agarrar ele. Meu pai é livre!

Ante a súbita mudança de Aísa, Cachorro Velho achou que ela não era tão frágil como lhe parecera a princípio, quando Beira a ajudara a sair de sob as cestas e dos outros trastes.

O corpo, fraco e sem graça, era o mesmo. Mas algo havia mudado dentro dela.

— Eu fugi pra procurar ele — continuou a menina. — Não tenho mais ninguém.

— E sua mãe?

— Morreu. O neném veio ao contrário e não conseguiram tirar ele da barriga dela.

Fez-se um longo silêncio. Cachorro Velho se deixou cair num tamborete, com a cabeça entre as mãos. Beira foi até o lume e mexeu os carvões, desalentada.

— É uma pena — disse o ancião. — De uma só vez, você perdeu sua mãe e seu irmão.

— Não era meu irmão! — protestou Aísa. — Era filho do patrão.

Beira lançou uma olhadela para o velho. Depois soltou:

— Vou ajudá-la a chegar a El Colibrí.

— O quê?! — Cachorro Velho tinha os olhos fora das órbitas. — Enlouqueceu?

— Cumbá me disse...

— Eu sabia! Aquele negro tem a cabeça cheia de teias de aranha! — resmungou o ancião. — Por isso está sempre no *bocabajo*,** com a carne aberta pelas chicotadas. Além do mais, esse quilombo não existe. Você vai se perder na floresta.

** Em Cuba e em Porto Rico, nome dado ao castigo no qual o escravo era mantido deitado, de bruços, para ser açoitado. (N. da T.)

— Cumbá é um bom homem, "senhor porteiro" — retrucou Beira, mordendo as palavras.

— Por que isso de "senhor porteiro"?

— Às vezes, o senhor fala dos negros do mesmo jeito que os patrões — alfinetou a mulher.

Magoado, o ancião se levantou grunhindo.

— Vou embora pro meu cafofo — rezingou. — Já estou muito velho pra ouvir desaforos.

Coxeou rapidamente até a porta e deu-lhe uns trancos, tentando abri-la.

Beira se aproximou e colocou a mão no dolorido ombro dele.

— Espere um pouco, taita. Deixe comigo.

A mulher manobrou habilmente. Com um golpe rápido, destravou o galho robusto que protegia a porta e abriu-a de par em par.

Cachorro Velho passou junto dela com brusquidão e saiu para o caminho escuro sem olhar para trás.

— Taita!

O porteiro não se deteve. Resmungava furioso, cuspindo catarro e xingamentos contra as sombras que o cingiam à trilha. Gostaria de apertar o pescoço da mulher. Naquele momento, odiava-a como a ninguém.

— Escute, taita!

Ao longe, latiram cães. O ancião se paralisou. Seu coração retumbava no peito em ritmo acelerado. Parado sob a noite, com os músculos tensos e alertas, ele farejou o ar.

O primeiro odor que lhe chegou foi o da terra úmida de orvalho. Depois, o dos cipós e das flores que cresciam para além da cerca. Não eram cheiros desconhecidos. Desde que ele era menino, aqueles eflúvios tinham entrado em seu nariz e em sua mente.

Fechou os olhos e respirou profundamente. Desta vez, sentiu um forte cheiro de urina e roupa suada. Aquilo lhe evocava inquietação e medo, lâminas de facão e chicotes. Cachorro Velho conhecia muito bem aquele fedor repugnante. Também o sentira desde pequeno, quando não tinha mais do que dois palmos de altura.

"São os cães do feitor empurrando as pessoas pro canavial", pensou.

Resfolegou ruidosamente, relaxando o corpo. Sentiu-se aliviado. Durante alguns instantes, ficara em pânico. Por Beira, e também por Aísa. Tinha escutado os cães e pensado que vinham atrás dela.

No escuro, ouviu-se a voz de Beira:

— O que aconteceu, velho?

O porteiro se voltou, atordoado. Não tinha percebido os passos da mulher.

— Nada — murmurou.

— Eu queria lhe explicar...

— Não importa — atalhou Cachorro Velho.

— Cumbá e Súyere vão junto. Vão guiar a gente até lá. Eu queria que o senhor soubesse.

— Mas...

— O senhor também pode vir — concluiu a mulher, e foi saindo antes que ele reagisse.

— Eu? — perguntou o porteiro, e o vento lhe respondeu com um rumor agitado através das vagens de um flamboyant próximo.

O céu começava a clarear. Um galo madrugador lançou seu canto ao mato úmido e com cheiro de alvorada.

Cachorro Velho apertou o passo. Tinha estado fora tempo demais.

O presente do patrão

Cachorro Velho subiu com esforço a escada de pedra, sem se atrever a tocar o corrimão de caoba.

Os degraus eram altos e difíceis para suas pernas, de modo que ele subia pouco a pouco, respirando fundo a cada um.

Lá de cima, uma escrava gorda, de pele escura e luzidia, olhava com desdém seus chinelos cheios de lama.

— Taita, tire esses sapatos! — ordenou.

Cachorro Velho continuou subindo, sem lhe fazer caso, e deixando pegadas pelos degraus.

A escada ia até a varanda invadida por ramagens de amor-agarradinho. Eram umas três da tarde, mas não havia sol forte. Durante todo o dia a luz do céu tinha sido tênue, aveludada. O vento se deslocava sem ânimo nem alegria, empurrando com lentidão as nuvens e os pássaros. Mesmo assim, fazia um calor intenso.

O porteiro tinha a camisa grudada ao espinhaço. A falta de ar lhe subia pelo pescoço, nublando-lhe a vista e as ideias.

O senhor da casa-grande havia mandado chamá-lo. Queria vê-lo. Ninguém lhe explicou para quê, e agora o velho se sentia nervoso, com os músculos tensos. Talvez já soubessem na casa-grande que Beira escondia uma escrava fugitiva, pensava ele, cheio de angústia. Talvez o patrão lhe pedisse contas sobre o acontecido. Afinal, para alguma coisa servia o porteiro, o vigia da cancela. Nem uma alma podia entrar pelo caminho do engenho sem que seus velhos e cansados olhos a vissem.

Contudo, nesta ocasião, seus sentidos lhe haviam falhado. Uma escravazinha chorosa tinha se esgueirado propriedade adentro por algum ponto da paliçada, e ele nem sequer notara.

O velho apertou fortemente as mandíbulas. Já não era o mesmo que alguns anos antes.

Durante as tardes, quando o sol explodia em vapor sobre o campo, não podia evitar adormecer em seu tamborete, encostado ao tronco de uma embaúba solitária e frondosa. Apesar disso, à noite, ao se deitar, ele não podia conciliar o sono. Fazia uns chás com a flor vermelhíssima de maracujá e com ramos de tília, mas não adiantava: não conseguia descansar como queria.

Para Cachorro Velho, o pior do passar dos anos não era a velhice que secava o corpo e fragilizava as lembranças.

O que mais o incomodava era a incapacidade de repetir seus hábitos de sempre. A dor nos ossos que o impedia de caminhar como sempre fizera, a lentidão cambaleante de seus passos, a surdez que o atacava havia mais de cinco anos, embora ele a dissimulasse diante de todos.

Chegou ao patamar da escada e ali ficou, ofegando à sombra da trepadeira. Ainda lhe faltava percorrer a varanda inteira e ele já sentia as pernas doloridas.

Fazia anos que não entrava na casa-grande. De sua choça, via as paredes brancas a distância e se sentia a salvo do senhor. Implorava a qualquer coisa que existisse no céu para não cruzar o caminho dele.

Cachorro Velho tocou o peito, a perda de Ulundi continuava lhe doendo. Talvez, se estivesse vivo, seu amigo saberia o que fazer para ajudar Beira e a garotinha. Ulundi era inteligente, sabia escrever, pensava em coisas que não ocorriam a ninguém. Ele, não. Era um negro bronco a mais, um negro velho cujos pensamentos estavam se tingindo de branco.

Olhou para trás e viu a escrava de pele brilhante ajoelhada nos degraus, limpando com um pano úmido as pegadas de lama. O porteiro sorriu. Felizmente, Beira não se parecia com aquela mulher, pensou. Beira jamais limparia a escada do senhor com tanta dedicação.

Não queria delatá-la, não podia. Ele era um homem, apesar da velhice e dos achaques, apesar dos sentidos embotados, quase perdidos. Enquanto não fechasse os olhos e se fosse definitivamente do mundo, caminhando pela trilha poeirenta, longe da cancela, continuaria sendo um homem.

Sua mãe era africana. Aroni contava que lá, na África, os homens defendiam suas mulheres com a vida. Beira não era sua mulher, nem Aísa, sua filha, e no entanto ele sentia que as defenderia como pudesse. Mas e se o senhor da casa-grande, para obrigá-lo a falar, mandasse lhe dar um *bocabajo*? E se ordenasse ao feitor que lhe tirasse a comida e a água, como haviam feito com Tumba Cerrada?

O velho não temia a morte. Já estava bem acostumado com ela. Tinha visto muitos escravos morrerem. Mas não sabia se poderia resistir a um castigo como os que o feitor aplicava.

Quando era jovem, tinha sido castigado muitas vezes, mas, com seu dorso forte e seus músculos poderosos de tanto trabalhar, havia aguentado. Mas agora... era tudo diferente. Depois da primeira chicotada, seus ossos se pulverizariam sob a pele.

Agora, se pudesse escolher, preferiria que seu momento de fechar os olhos fosse tranquilo, sossegado, calmo. Preferiria que nem o feitor nem os senhores da Terra ou do Céu estivessem por perto. Só assim poderia morrer em paz.

Avançou pela ampla varanda pensando em sua morte.

No final, num canto onde soprava a brisa, estava o senhor da casa-grande. Deitado numa rede de franjas vermelhas e brancas, parecia dormir. Cachorro Velho se deteve a uma distância prudente. Cravou a vista no chão e esperou.

Umas formigas entraram pelos seus chinelos. Ao longe, ronronavam as moendas do engenho e, de vez em quando, podia-se escutar um relincho ou o grito de alguém.

Passaram-se alguns minutos. O porteiro mudava o peso do corpo de uma perna para outra. Sentia os tornozelos dormentes. Intranquilo, fitou o rosto do senhor.

Ele tinha as pálpebras inchadas e por toda a sua cara assomavam delgadas veias azuis. A pele era quase transparente.

"Este não durava nem dois dias no barracão", murmurou o velho para si mesmo.

O ventre do senhor subia e descia compassadamente. As mãos magras e enrugadas caíam dos dois lados da rede.

O ancião esperou mais um pouquinho. Depois se afastou devagar, rumo à escada.

— Cachorro Velho…!

O chamado o deteve de chofre. A voz do senhor sempre o sobressaltara. Soava a gelo, a ferro em brasa.

— Sim, patrão — disse, voltando-se, de cabeça baixa.

—Tenho uma coisa para você, venha cá.

O velho se aproximou olhando para o chão. De repente tropeçou numa bolsa de pano que não havia visto antes.

—Aí está sua dotação deste ano.

Cachorro Velho não se moveu.

— Eu soube que o feitor lhe bateu — disse o senhor. Caminhou até uma mesinha baixa e se serviu de vinho, de uma garrafa comprida e escura. —Você está com minha família desde que nasceu. É um negro fiel, por isso quero lhe dar um presente especial — concluiu, depois de beber.

Cachorro Velho olhou a bolsa mais uma vez. Era de tamanho médio, cor de creme.

Não parecia nada do outro mundo, embora, com os brancos, nunca se soubesse. Um dia eles podiam lhe dar a liberdade e, no outro, mandar matar você. Isso era certo.

Agora, o patrão queria lhe presentear alguma coisa e ele se enchia de aflição imaginando o que viria depois.

— Pegue, é seu! — ordenou o patrão, voltando à rede.

Trêmulo, o ancião se inclinou para o volume e o recolheu. O tecido era suave como a pele de um bebê. Ele o apertou contra o peito e esqueceu seus maus presságios.

Talvez houvesse ali dentro uma boa calça, ou uma camisa nova. Cachorro Velho precisava de roupa havia anos. Já nem sabia desde quando usava aquela calça puída, amarrada à cintura com um cadarço. E sua camisa estava em condições piores. Primeiro, fora preciso cortar os punhos, mas o desgaste continuou subindo até os ombros como uma ferida gangrenada. Agora, ele tinha os braços nus e dois ou três botões a menos. Estava velho demais para andar vestido daquele jeito. Às vezes, para sair de sua choça, jogava sobre o corpo uma manta. Mas a perdera durante a ventania de junho, justamente no dia em que o senhor dera permissão para o toque de tambores. Ele ainda se lembrava disso e se enfurecia. Tinha sido depois que abrira a cancela para os convidados do patrão. Ia retornando ao seu tamborete quando, de repente, zás! E lá se foi sua manta, levada por um pé de vento.

Até parecia que todos queriam lhe tirar alguma coisa: o senhor o arrebatara à sua mãe; o fogo levara Aroni, a contadora de histórias; sua memória perdia pedaços de Ulundi; o vento lhe roubara a manta e o chapéu; e agora a vida ou a morte, ainda não sabia ao certo, estava lhe tirando pouco a pouco os sentidos. Nesse passo, não levaria para o além nada que prestasse. Mas também, no lugar para onde iria, nada lhe faria falta.

Manuseou a bolsa, tentando adivinhar o que havia dentro. Sentiu algo duro. Uns sapatos? O velho não gostava de usá-los, não estava acostumado. Preferia uns chinelos macios, que se acomodassem bem aos seus pés disformes. E se fosse um cinturão de couro? Que ideia maluca, pensou. Aos escravos não era permitido usá-los, por temor de que se enforcassem com eles. Ou pior, que atacassem os senhores da casa-grande.

Os patrões sempre haviam temido os escravos. Quanto mais os maltratavam, mais os temiam.

Certa vez, e Cachorro Velho sorria de gosto ao se lembrar, tinha dado um bom susto no senhor. Tinha sido cinco anos antes, durante a sublevação no engenho La Paz.

Era de noite, e os sinos não paravam de repicar, avisando aos outros senhores sobre a revolta. Da cancela distinguiam-se a fumaça distante e o fogaréu nos canaviais. Dizia-se que os sublevados tinham matado o patrão e a patroa, o feitor e dois dos cinco ajudantes do feitor. Também corria o rumor de que os quilombolas haviam descido do monte para ajudar os escravos a matar brancos e estuprar as mulheres deles, e de que não se deteriam no engenho La Paz, mas seguiriam por toda a região, incendiando, assassinando, e levariam consigo todos os escravos.

Aterrorizado, o senhor mandou que trancassem todo mundo, inclusive os que sempre haviam trabalhado na casa-grande, e que instalassem ferrolhos duplos nas portas dos barracões. Mas se esqueceu do velho porteiro, e, quando este lhe apareceu no pórtico segurando uma tocha, pouco faltou para que se mijasse todo, ali mesmo.

Cinco anos depois, Cachorro Velho voltou a sorrir de tudo aquilo. Tinha se sentido poderoso. Sozinho, ele teria podido arrasar os engenhos e todos os senhores da área, naquela época. Quilombolas, facões, incêndios, para quê? Ele, sozinho, maltratado pelos anos e pela vida, teria podido acabar com aquela trouxa de medo e de pele transparente. Mas não o fez.

Naquela noite, dormiu com uma grilheta no tornozelo, como todos no barracão; mesmo assim, sentiu-se como um homem livre, como se tivesse escapado aos quilombos da montanha, como se tivesse esbofeteado seu senhor e o tivesse queimado com sua tocha.

— Vá embora!

A voz o trouxe de volta, mas ele não estava preparado.

— O quê? — perguntou, fitando o patrão diretamente nos olhos.

Eram azuis, frios. O velho já não os recordava. Quando o senhor era um menino, ele não temia encará-lo. Mas agora era diferente. De qualquer maneira, nunca havia encontrado algo naqueles olhos. Eram vazios, mortos. Desde a infância.

— Que diabo você está olhando? Vá embora de uma vez!

Cachorro Velho baixou a vista para a bolsa que apertava contra o peito. Seus braços foram perdendo forças até que, lentamente, o volume caiu no chão.

O senhor parecia chicoteá-lo com sua mirada, mas não voltou a abrir a boca e o porteiro aproveitou para escapulir dali.

Tinha decidido isso bem naquele momento. Não queria nada que as mãos do patrão tivessem tocado. Certamente, aquilo estaria amaldiçoado. Mesmo que fosse uma calça, não a queria. Mesmo que fosse uma camisa nova. Cachorro Velho pressentia que, se as usasse, era certo que seu corpo se cobriria de pústulas e o ar lhe fugiria dos pulmões. Aquele demônio de olhos azuis tinha matado Ulundi, e agora, se soubesse sobre Beira e a menina, iria atrás delas com todos os seus cães.

O porteiro arrastou a perna até chegar à escada. A mulher de pele luzidia continuava ali, ajoelhada, limpando vigorosamente os degraus. O ancião passou junto dela, ereto, enlameando o lado contrário.

— Mas, taita...! — gemeu a mulher.

— Taita nada, caralho...! — respondeu o velho e seus olhos relampearam sobre a escrava.

Agora o sol batia em cheio na casa e o calor tornava insuportável a tarde. No pátio, os lençóis brancos pendurados para secar lembravam paredes ou biombos. Não havia vento.

Cachorro Velho olhou ao longe. Lá estavam sua choça e a cancela. Lentamente, começou a andar.

Festa

Ao passar pelo pátio central, o velho viu os homens e então se lembrou: haveria toque de tambores naquela noite. Talvez fosse essa a razão pela qual o senhor estava tão obsequioso.

Keta, Trinidad e as demais mulheres varriam as folhas caídas, enquanto outras preparavam cestas pequenas com frutas. Às escondidas do patrão e dos outros brancos, Agustín e Miguelito sacrificavam galos e patos entre as raízes da sumaúma. Era o tributo a Iroko, a árvore centenária na qual descansavam as almas dos escravos assassinados no engenho.

Coco Carabalí agrupava à sombra os tambores do barracão: já tinham tomado bastante sol desde a manhã. Com o calor, seus couros de cabrito ficavam mais resistentes e sonoros.

Tempos antes, o porteiro havia escutado Eulogio Malembe dizer que Añá era um espírito que vivia dentro do tambor. Pelo som deste, Añá "falava".

Cachorro Velho nunca ouvira as palavras de Añá, apenas sua música. E a cada ano, na data de São João, unia-se aos outros no pátio, bebendo e dançando, até que, com o passar do tempo, suas pernas foram perdendo as forças.

Havia muitas danças: a do *garabato*, a *macuta*, o *maní*... A que mais lhe agradava era a do *garabato*. Era executada principalmente pelos homens, embora, de vez em quando, uma ou outra mulher também aderisse. Não era complicada, mas enérgica e bastante rápida. Para dançá-la era preciso ter força nas pernas e bom ritmo.

O *garabato**** era lançado e recolhido sem perder o passo, transferido de uma mão para outra e, às vezes, o dançarino o equilibrava sobre a cabeça e dava voltas com ele ao redor do fogo, sem deixá-lo cair. Tudo isso sob a música atroante dos tambores e o bulício dos espectadores.

Outra de que ele gostava era o *maní*. Imitava um combate entre dois homens. Estes trocavam golpes e faziam piruetas de um lado para outro, e muitas vezes saíam com um olho machucado ou então algum ferimento mais sério em qualquer parte do corpo. Era uma dança pesada, extenuante, própria para guerreiros. Cachorro Velho nunca foi um grande dançarino, mas seus saltos sobre o fogo lhe ganhavam a admiração dos companheiros. Ele não saltava sobre as chamas porque Añá tivesse lhe pedido isso, nem porque quisesse ser o mais valente de todos os homens do barracão. Saltava por Aroni. Certa vez, a velha contadora de

---

*** Literalmente, "garrancho", "gadanho", "gancho". Neste contexto, espécie de vara, enfeitada com fitas coloridas. (N. da T.)

histórias lhe dissera que o pessoal da aldeia de sua mãe costumava se divertir assim. Cachorro Velho não tinha muita certeza. Às vezes a anciã, acostumada a entrar e sair de seu mundo de fábulas, costumava se confundir e misturava coisas de sua imaginação com a realidade ou vice-versa.

Fosse como fosse, ele pulava a fogueira. Porque, se Aroni estivesse correta, então seria como retornar para junto de sua mãe e dos seus a cada salto.

No princípio, os companheiros elogiaram sua temeridade, mas depois, ao ver seus olhos alucinados, cheios de todo aquele fogo que clareava o pátio, tacharam-no de louco e se afastaram dele.

Agora, já não pulava a fogueira. Não porque não quisesse tentar outra vez ou porque suas pernas não o sustentassem, mas porque não mais esperava retornar à África. Não agora. A África se tornara outra das fábulas narradas por Aroni. Talvez nem sequer existisse um lugar como aquele e tudo tivesse saído da mente fantasiosa da anciã.

Cachorro Velho sacudiu a cabeça. Não queria pensar em fogo outra vez. O antigo ferimento do braço voltava a lhe arder e o rosto de sua mãe se tornava mais inalcançável.

Coxeou entre os escravos, cumprimentando aqui e ali. Parou para beber um gole de aguardente com El Negro, Coco Carabalí e mais alguns.

Pouco depois, procurou Beira com a vista. Ela estava com as outras mulheres, preparando a comida e rindo despreocupadamente. Parecia tranquila, como se não estivesse escondendo uma escrava fugitiva, como se não planejasse escapar a qualquer momento.

Passou rápido junto dela, sem olhá-la. Mas, antes que ele dobrasse no criadouro de patos em direção à sua choça, Beira o chamou:

—Velho...!

Ele seguiu adiante, pigarreando e lançando cusparadas no mato.

—Taita, deixei lá em sua cabana aquilo que o senhor me pediu...!

O porteiro se deteve e voltou a cabeça. Beira já estava de novo atarefada, no meio das mulheres.

Cachorro Velho não imaginava o que ela quisera dizer. Não se lembrava de ter lhe pedido algo. Embora, se vinha daquela mulher estranha, pudesse ser qualquer coisa. Aquela mulher. Silenciosa, esquisita. Ali, no meio do alvoroço dos demais, revelava-se serena e bonita. O entardecer se metia em seu cabelo e resvalava sobre seus ombros carnudos como a água sobre Asunción, no rio, meio século antes.

O velho sentiu que, se na juventude tivesse se unido a uma mulher como Beira, seu destino teria sido diferente. Talvez tivesse tido filhos ou fugido até o monte, para um quilombo. Quem sabe. Talvez não tivesse esperado a vida inteira pela moça do rio.

Um grupo de crianças passou correndo e o arrancou de seu devaneio. Asunción voltou a afundar na água e Beira continuou ocupada, tirando os caldeirões do fogo.

"Pode ser o cataplasma pra minha perna", pensou o ancião, recordando as palavras da mulher.

Faltava pouco para chegar à sua casinhola da cancela. Ele estava cansado, fatigado pelo calor e pelas lembranças.

Se pudesse, untaria a perna com o remédio de Beira e se recostaria um tempinho no catre. Tinha dormido muito pouco na noite anterior, e agora sentia o resultado. A perna lhe pesava como um saco de pedras.

Chegou à choça e desatou a corda que mantinha a porta fechada. Lá dentro, em meio à escuridão, dois olhos brilharam.

A noite

— Que diabo está fazendo aqui? Quem deixou você entrar? Como...?

As perguntas do ancião se atropelavam em sua garganta, enquanto ele, furioso, passava junto da menina, manquejando e derrubando coisas.

Aísa se afastou da vela que o porteiro havia acendido e se encolheu num canto. Tinha medo do velho. Ele era resmunguento, áspero.

— Beira me disse que... — tentou explicar.

— Maldita mulher! Se pegarem você aqui, eles matam todos nós! Vá embora! Fora! — exclamou o ancião, exaltado.

A garotinha saltou como uma mola de seu esconderijo. Correu para a porta e abriu-a com um puxão.

— Beira me disse que o senhor era um bom homem, mas parece que ela se enganou — disse, e, depois de olhar para os lados, sumiu na escuridão. Cachorro Velho parou diante da porta entreaberta. Uma brisa fria lhe trespassou a camisa.

Sentiu um arrepio nas costelas. O que havia feito? Estava louco? Aísa era só uma menina, não saberia se defender. Beira a deixara sob sua responsabilidade e ele, pensando mais em sua própria existência, mandara a garota lá para fora. Exposta à noite e ao medo. Aos cães e à morte.

Ulundi não teria feito isso. Teria enfrentado o patrão, como havia feito antes de sua morte.

O porteiro ainda não esquecia os que morreram no armazém de açúcar: Aroni, Mos o carroceiro e Micaela.

O patrão vinha tendo problemas de dinheiro e, para pagar as dívidas, estava vendendo as crianças. As mães enlouqueciam de dor ao vê-las partir para sempre, acorrentadas às barras das carroças, rumo ao mercado de escravos. Já tinham sido vendidos os filhos de Carlota, a menininha de Angelina, os dois garotos que restavam a María Ignacia...

Os homens do barracão estavam muito confusos, sem saber o que fazer. Só Ulundi reagiu. Atravessou o pátio com passo seguro e entrou no depósito onde se guardava o açúcar ensacado. Minutos depois, tudo estava envolto em chamas.

Com chicotadas e empurrões, o feitor e seus ajudantes obrigaram os escravos a entrar para tentar salvar alguma coisa. Mas havia muito fogo e muita fumaça.

Mos foi o primeiro a morrer. Mos, magricela e encurvado.

Cachorro Velho o recordava tossindo sem parar no silêncio do barracão. Falando em sonhos, gritando nomes desconhecidos. Rindo na manhã seguinte, quando lhe contavam seus gritos e pesadelos.

Micaela era a mulher dele e morreu ao seu lado. Calada e sem dentes. Encurvada como ele, parecia sua irmã. Nunca tiveram filhos.

Aroni nem sequer estava perto do fogo, mas entrou por vontade própria. Depois que o feitor e seus auxiliares arrastaram Ulundi meio morto para fora do armazém, ela atravessou o umbral em brasas e fechou a porta. Em poucos instantes, o teto desabou e tudo se transformou numa enorme labareda.

O senhor desceu da casa-grande louco de ódio e, como um endemoniado, deu um golpe mortal em Ulundi com o facão do feitor. "Mas meu amigo africano triunfou sobre o patrão", pensou Cachorro Velho. Seu nome e sua coragem haviam ultrapassado a cerca do engenho e já eram conhecidos em toda a região.

O ancião botou a cabeça para fora e escutou. No pátio começavam a soar os tambores; o vento transportava a cantoria e o crepitar da fogueira até a choça.

Reconheceu a voz rouca de José Marufina, que cantava ao Deus do Fogo e da Guerra.

Olhou o céu e viu cair uma estrela. Não pediu nada. Nunca havia pedido nada que não estivesse ao alcance de suas próprias mãos.

Pegou a trava da porta e saiu para a trilha tão depressa quanto suas pernas permitiram. Tremia dos pés à cabeça. Esquadrinhava os arbustos e as sombras, procurando a menina. Dizia a si mesmo que ela não podia ter ido longe e que certamente estava morta de medo, sem saber onde se esconder. Talvez já tivesse sido descoberta. Talvez os cães do feitor estivessem farejando seu cheiro naquele momento.

E era tudo culpa dele. Devia tê-la protegido, defendido de qualquer perigo. Ele mesmo, uma tarde, poucos anos depois do encontro com Asunción no rio, tinha se lançado às águas num impulso, buscando desesperadamente a imagem da moça.

Não se afogou graças a Ulundi. Seu amigo se jogou atrás dele e o arrastou para a margem, salvando-o da morte e da loucura.

Se Ulundi tivesse hesitado um instante, Cachorro Velho teria sido levado pela corrente, como um tronco apodrecido.

Com Aísa, o ancião não só tinha hesitado como também se assustara. Não sabia por quê.

Não era a primeira vez que um escravo fugitivo buscava refúgio no engenho. Em certa ocasião, Luciano, o ferreiro, havia escondido três deles. Carlota Palo Tengue tinha protegido uma mãe e seu filhinho que vinham fugindo. Cumbá também se uniu a dois evadidos e escapou do engenho, mas foi agarrado antes de chegar ao quilombo.

Cachorro Velho nunca pudera ajudar os que sofriam como ele. Bem no fundo, invejava a temeridade de Luciano, a coragem de Carlota, a obstinação de Cumbá em alcançar sua liberdade fosse como fosse. E agora, quando lhe surgia a oportunidade de fazer algo, botava tudo a perder. Estava envergonhado.

Subiu a colina apoiando-se na trava. Olhou na direção do pátio. Pareceu-lhe que o resplen-

dor da fogueira tinha crescido. Agora, cantava-
-se invocando os espíritos dos antepassados.
O coro dos escravos era vigoroso e afinado.

O porteiro tinha certeza de que o canto ia longe. A voz rouca do negro Marufina penetrava a noite como uma faca amolada.

Chegou sem fôlego à trilha da choupana de Beira. Lá dentro havia luz. Respirou aliviado.

Talvez Aísa estivesse ali, escondida.

O feitor

Cachorro Velho encostou a mão na porta e esta se abriu com um gemido. Não havia ninguém. Um coto de vela brilhava num canto, prestes a se apagar.

O interior estava em desordem: os trastes e as panelas jogados no chão, roupa abandonada em cima da mesa e sobre os feixes de lenha, o catre de Beira destroçado.

O ancião divisou um volume de penas embaixo de uma tábua escurecida.

"Bibijagua", murmurou, reconhecendo a mascote da mulher, e rapidamente aproximou a vela.

A galinha estava morta. Faltavam-lhe as asas e a plumagem estava manchada de sangue.

O velho recolheu o corpo e o depositou com cuidado sobre a mesa.

Uma lufada de vento fechou a porta e a vela se apagou. O velho ficou às escuras. De repente, teve a sensação de que alguém se aproximava às suas costas. Assustado, lançou contra as sombras um golpe com a tranca que trazia e saiu depressa da choupana, dando topadas e praguejando.

Voltou à trilha. Com passo acelerado, alcançou a ladeira e olhou para trás. Não havia muito vento, mas a porta de Beira continuava batendo, como se movida por uma mão invisível.

O porteiro se afastou ofegante, rumo ao pátio central do engenho. Já não se escutavam os tambores, mas, mesmo de longe, ainda se via a fogueira.

Cachorro Velho observou o céu escuro. Estava quase grudado à terra. Milhares de estrelas entraram pelos seus olhos.

Ouviu-se um relincho distante. Alerta, ele se deteve no meio da trilha, aguçando os ouvidos.

Durante longos segundos, só escutou o ruído apagado do mato: um ou outro grilo cantando, o sussurro das árvores, uma cutia aventureira correndo pela cerca ou entre os arbustos.

Pensou que talvez o relincho tivesse saído de sua mente. Estava tenso demais. Pensava em Beira e em Aísa e sua cabeça dava voltas. Se algo acontecesse a elas, não se perdoaria nunca. Não sentiria alívio nem que se pendurasse num galho de mutamba. Já ia continuar em frente quando escutou outro relincho, seguido por uns latidos. Seu coração deu um salto brutal, quase lhe rasgou o peito. Aqueles latidos eram dos cães do feitor. Tinha certeza. Ouvira-os centenas de vezes, lá de sua choça. Sempre os temera. Diante de seus olhos, aqueles cães haviam destroçado o congo Severino. Recordava as presas deles entrando na carne do escravo e sua pele se arrepiava de pavor. Começou a correr como podia em direção às cabanas dos feitores. O medo do que poderia estar acontecendo lhe secou a boca e inundou de suor sua testa e suas costas.

"Meu Deus...!", suplicou às sombras que cruzavam à sua frente, à terra que seus chinelos pisavam, às árvores que deixavam cair sobre ele seus ramos e murmúrios.

A duras penas, sem fôlego, quase se arrastando, chegou às cabanas. Ali estava Beira. E Aísa. E o feitor.

O corpo da menina pendia do lombo do cavalo, fortemente apertado pelo braço do feitor, o qual, por sua vez, tentava arrancar seu chicote das mãos de Beira.

O cavalo titubeava para um lado e para outro, confuso e furioso. As esporas do feitor o incitavam a sair galopando, mas a escrava puxava o ginete com tanta força e resolução que o animal se atrapalhava com as patas e empacava.

— Largue isso, negra do demônio...! — gritou o feitor, e deu um pontapé na mulher.

Beira se curvou de dor, mas não soltou a ponta do açoite.

De repente, o homem liberou o rebenque e ela se desequilibrou e caiu. Rindo, o feitor impeliu o cavalo e partiu a galope. Mas não avançou muito. Algo se prendera à sua calça e não a soltava. Olhou para trás e percebeu que a escrava, machucada e exausta, ainda estava no chão. Virou a cara para o outro lado, e então o viu.

Cachorro Velho se agarrava desesperadamente à perna dele. Como se tentasse arrancá-la. Enfurecido, o feitor fincou as esporas, e o cavalo, relinchando e com os olhos enlouquecidos, empinou. Para não cair, o homem teve que soltar Aísa e segurar as rédeas com firmeza. A menina rolou no solo como uma bola. O porteiro, ainda pendurado na perna do feitor, não resistiu ao puxão do animal e despencou no chão, em meio à nuvem de poeira que os cascos levantavam. Com esforço, levantou-se e correu manquejando pelo caminho, a tempo de ver Malongo e Cumbá caírem sobre o feitor.

Respirando com dificuldade, o velho procurou a trava que caíra no mato. Assim que a encontrou, dirigiu-se para os homens. O feitor, entre gritos e ameaças, tentava se soltar dos braços dos escravos.

Cachorro Velho chegou até onde eles estavam e, sem dizer palavra, assestou um golpe demolidor na cabeça do feitor. Na mesma hora, o rosto do homem se tingiu de sangue e seu corpo se afrouxou.

Impassível, o porteiro olhou os escravos.

—Vão pro barracão e tragam os que quiserem ir embora! Rápido, que já vai amanhecer! — ordenou.

Cumbá e Malongo se entreolharam um instante e em seguida, acatando a ordem do velho, saíram correndo para o engenho.

Só nesse momento Cachorro Velho escutou os latidos dos sabujos. O galpão onde eles eram encerrados durante a noite estava fechado, mas a matilha, inquieta ante os gritos e o alvoroço dos homens, lutava para sair. O ancião se aproximou depressa da porta sacudida pelo atropelo dos cães e atravessou a tranca nos passadores de ferro. Depois coxeou até Beira e a ajudou a se levantar. A mulher tinha o rosto banhado em lágrimas.

— Velho...! — gemeu, chorosa. — Mataram a menina! Mataram ela!

Beira se achegou a ele. Um instante depois, Cachorro Velho afastou-a e foi devagarinho até o corpo inerte.

Aísa estava caída de lado, com o rosto metido na grama. O porteiro se ajoelhou ao lado dela e lhe tocou o braço. Sentiu-o cálido.

Suavemente, apoiou a mão no peito da garotinha.

Mesmo débil, o coração ainda batia.

— Ela está viva, Beira! Venha ver!

A mulher se debruçou para Aísa com olhos brilhantes. Suas mãos tremiam e em seu rosto havia uma expressão de medo e tristeza que o porteiro nunca havia visto nela. Não parecia a mesma de sempre. Aflita e nervosa, em poucos minutos tinha envelhecido mais de dez anos.

Beira acariciava o cabelo de Aísa e lhe beijava o rosto sem parar. Cachorro Velho pensou que, embora estivesse rodeada de coisas estranhas, aquela mulher teria sido uma boa mãe.

Nesse momento, ele se deu conta de que não sabia nada sobre a vida de Beira. Tinha visto quando ela chegara no carroção do senhor, mas não sabia se este a comprara num barco ou numa propriedade dos arredores. Não sabia sua idade nem o motivo daquelas cicatrizes em seus ombros. Ignorava se ela tivera uma família ou se sempre havia sido solitária.

Agora, Beira soluçava sobre a menina, e toda a fortaleza que o porteiro tinha conhecido nela parecia tê-la abandonado. Já não era a bruxa que metia as mãos no fogo sem se queimar, que voava acima das árvores, que inquietava os homens do barracão por suas esquisitices. E seu pranto não parecia ser somente por Aísa, mas por toda a sua vida. Cachorro Velho sentiu que as lágrimas da mulher, ao rolarem por suas faces, concluíam uma viagem iniciada muito tempo antes.

Gostaria de abraçá-la, de niná-la no colo. De lhe dizer que, apesar dos medos e dos esquecimentos que o afetavam, ela podia contar com ele. Que até mesmo com sua perna enferma e sua falta de ar, ele seria capaz de ir até o fim do mundo se ela pedisse.

Por Beira, iria enfrentar a longa viagem até o quilombo. Agora sabia. Não que seus temores o tivessem abandonado, mas a presença da mulher o fizera esquecê-los.

O porteiro sorriu. Seu coração era um trapaceiro. Durante anos, levara-o a crer que estava morto, e agora, envelhecido e fugindo sem saber direito para onde, ele descobria que tudo era um embuste.

O coração sempre estivera ali. Escondendo-se. Zombando em silêncio do amontoado de ossos trêmulos do velho. Enchendo-o de carinho por aquela mulher, sem que ele se desse conta. Era esse carinho que o fazia manquejar até a casa de Beira, e não o emplastro vegetal que ela inventava para cuidar de sua perna, nem a xícara de café serrano que lhe oferecia ao amanhecer. Por esse afeto ele plantava hortaliças para ela, montava-lhe um tamborete ou lhe levava uma pilha de carvão para a cozinha. Essa ternura o mantivera junto de Beira, em silêncio, vendo-a ir e vir através dos anos.

Amava aquela mulher estranha. Desde que a vira pela primeira vez.

Seu coração sabia, mas sua cabeça, confusa, não o deixara perceber outra coisa que não fosse a desolação de sua vida.

Gostaria de falar com ela de tudo o que seu coração lhe confessava, mas, em vez disso, chamou-a mansamente:

— Levante-se, Beira, o pessoal do barracão está vindo.

El Colibrí

Não vinham todos. Junto a Cumbá, o velho conseguiu divisar os vultos de Súyere, El Negro, Carlota, Keta, Agustín e mais uns vinte. Avançavam rapidamente e, de vez em quando, olhavam para trás como se buscassem algo.

— E os outros? — perguntou o porteiro.

— Não quiseram se arriscar. Ficaram com medo — respondeu Malongo.

Contrariado, o velho balançou a cabeça. Esperava que o grupo de escravos dispostos a fugir fosse mais numeroso. Achava que, depois de tanto sofrimento, de tanta penúria naquele engenho, nada os prendia.

Mas, ao mesmo tempo, podia entendê-los. Ele também sentira medo. Também se enchera de incerteza ao se imaginar caminhando rumo ao monte, afastando-se para sempre daquilo que havia conhecido. Ruim ou bom, o engenho tinha sido seu mundo. A terra que ele cultivara, os canaviais, os bichos, o açoite do feitor, o desprezo do senhor, os amigos do barracão eram as únicas coisas que o tinham acompanhado desde seu nascimento. Mas, neste momento, queria escapar. Deixar tudo para trás. O resto não importava.

Para além da paliçada ficava o monte, o desconhecido, a liberdade. Mas, antes, eles tinham de enfrentar a perseguição feroz dos capitães do mato e da matilha. Deviam suportar o temor de ser capturados, de ser despedaçados pelos cães, de ser arrastados numa nuvem de sangue de volta ao engenho.

Cachorro Velho sabia que, para subir a serra, era preciso ser forte de corpo e de espírito. Não temer a noite nem as árvores que se moviam através da espessura.

Saber onde achar alimento. Caminhar contra o vento para disfarçar o fedor do corpo. Conhecer os sons e o silêncio do monte. Saber por que os pássaros interrompiam seu canto. Determinar a que distância estavam um cavalo e seu ginete, depois de escutar o eco do relincho ou da voz.

Muitos não tinham a fortaleza de corpo nem de alma para se manterem sempre alertas. Não somente a fuga era arriscada. A sobrevivência no monte também implicava perigos.

O porteiro entendia. Ele mesmo duvidava de que pudesse resistir a tanto esforço. O quilombo El Colibrí, se realmente existisse, ficava longe. Tanto que era quase um sonho chegar até lá.

De repente, umas badaladas a distância o tiraram de suas meditações.

— Temos que ir logo! — instou Cumbá.

Cachorro Velho sabia o que significava aquele som. O senhor da casa-grande pedia ajuda aos donos dos engenhos próximos. Avisava toda a região sobre a fuga de seus escravos. Em pouco tempo, um bando de capitães do mato estaria atrás deles, com cães e armas.

O velho estava preocupado com Aísa. A menina já voltara a si, mas não parecia em condições de enfrentar uma fuga longa e cansativa.

— Está muito fraca. Não vai resistir — comentou Beira.

Nisto, Malongo se adiantou e, tomando a garotinha entre seus poderosos braços, exclamou:

—Vamos todos!

— Em frente! Rumo a El Colibrí! — apoiou-o Cachorro Velho, resoluto, e empreendeu a marcha.

O monte

Madrugada cerrada sobre os escravos fugitivos. O monte branco em neblinas. Pios de coruja sobre as árvores. Passos apressados no meio do mato. Silêncios desconhecidos. Trilhas que se alongavam e se curvavam, que subiam ou desciam sem aviso prévio. Animais silvestres farejando suas pegadas. Pássaros que fugiam assustados de suas sombras velozes. Teias de aranha que pendiam dos ramos e se desfaziam em seus rostos. O monte.

Fazia frio. Cumbá ia na frente, marcando o passo, guiando-os para El Colibrí. Seguiam-no

El Negro, Casimiro, Agustín, Bienvenido, Boniato, José Marufina, Coco Carabalí e os demais. Todos suarentos e fortes. Depois vinham as mulheres com Malongo, que carregava Aísa, e por fim Súyere e Beira. Atrás deles, coxeando, o velho.

Mal podia andar. A cada passo, sua perna se desmanchava em mil latejos. Ele manquejava e maldizia sua lentidão em meio ao frio e ao escuro.

Fazia algum tempo que não via as costas de Cumbá e dos homens. Agora, tinha diante de si apenas o vestido de Beira, o contorno de sua figura confundida com a folhagem do monte. A mulher avançava e voltava o rosto para ele a cada instante. Não queria deixá-lo para trás. Atrasava-se para acompanhá-lo.

Cachorro Velho se esforçava. Fazia o possível para manter o passo. Seu coração retumbava dentro do peito. Estava exausto.

Com o esgotamento, tinha a garganta ressecada. Ofegava sem cessar. Sentia um suor frio lhe banhar em ardência o rosto e o pescoço. Quase não aguentava a tosse e o catarro que lhe vinha de dentro.

Sabia que, de um momento para outro, iria parar. Seu corpo estava travando uma luta que, de antemão, ele sabia perdida.

Mesmo assim, tentava prosseguir, por Beira. Porque a mulher, com seu olhar de medo, exigia que ele se apressasse, que a seguisse até o quilombo, que vivesse com ela.

Em meio à sua agitação, o velho fitou o céu. Começava a clarear. Às suas costas o caminho estava deserto e tranquilo, mas algo ameaçador formigava entre as pedras e os arbustos.

Cachorro Velho se deteve. Não aguentava mais. Deu dois ou três passos e desabou pesadamente na poeira.

Beira o viu e hesitou entre voltar para perto dele ou seguir Malongo, Aísa e Súyere. O porteiro levantou a cabeça e lhe acenou para que continuasse, mas ela retornou correndo.

Nervosa, ajoelhou-se ao seu lado.

— Velho! Vamos, levante daí! — pediu, e, segurando-lhe um braço, tentou erguê-lo.

—Vá andando...! — gemeu ele, e olhou-a fixamente.

Beira estava suada, desfigurada pela fadiga. Mas, ao porteiro, pareceu bonita como sempre.

—Vá com Aísa, e eu sigo vocês daqui a pouco!

— Não me deixe sozinha! Vamos agora! — repetiu a mulher.

—Vejo você em El Colibrí. Eu sei onde fica — mentiu o ancião. — Continue, vá logo!

— Não, velho!

— Caralho...! — grunhiu ele, e afastou-a de si. —Vá! Siga adiante!

A mulher se apertou a ele num abraço. Depois, tomando-lhe o rosto entre as mãos, disse:

— Espero o senhor lá, velho.

— Não se preocupe, Beira, eu irei vivo ou morto — respondeu o ancião com um sorriso, e se soergueu um pouco.

— Acho bom — disse então a mulher, e se afastou correndo.

Quando a névoa engoliu o corpo de Beira, Cachorro Velho voltou a desabar no solo.

Bufando contra a poeira, lembrou-se da mãe. O rosto lhe chegou de imediato, sem avisar.

Soube que era ela pelos olhos. Pela forma de sua face escura. Pelos seios abundantes, ainda cheios daquele odor que, quando criança, ele buscava em outras mulheres só para reencontrá-la.

Sim, era ela. Havia passado a vida inteira tentando recordá-la, e só naquela hora aziaga seu rosto emergia do Nada.

— Qual é o meu nome? — perguntou à aparição que enchia sua mente. E viu-lhe os lábios grossos se moverem, mas não escutou nenhum som. Os latidos dos cães cobriram a trilha.

Lentamente, a alma do porteiro se levantou no ar e, vislumbrando El Colibrí, entrou na floresta.

Este livro foi impresso em novembro de 2021,
na Gráfica Exklusiva, em Curitiba.
O papel de miolo é o pólen bold $90g/m^2$
e o de capa é o cartão $250g/m^2$.
A família tipográfica utilizada é a Utopia.